Copyright © 1999 by Nord-Süd Verlag AG, Gossau Zurich, Switzerland
First published in Switzerland under the title *Willst du mein Freund sein?*
Spanish translation copyright © 2001 by North-South Books Inc.

First Spanish edition published in the United States and Canada, in 2001
by Ediciones Norte-Sur, an imprint of Nord-Süd Verlag AG, Gossau Zurich, Switzerland.
Spanish version supervised by Sur Editorial Group, Inc.
Distributed in the United States by North-South Books Inc., New York.

Library of Congress Cataloging-in-Publication Data is available.
A CIP catalogue record for this book is available from The British Library.

ISBN 0-7358-1490-2 (Spanish paperback) 10 9 8 7 6 5 4 3 2 1
ISBN 0-7358-1489-9 (Spanish hardcover) 10 9 8 7 6 5 4 3 2 1
Printed in Belgium

Para obtener más información sobre nuestros libros,
y los autores e ilustradores que los crean, visite
nuestra página en www.northsouth.com

¡Nadie me quiere!

escrito por Raoul Krischanitz
traducido por Ariel Almohar

un libro Michael Neugebauer
EDICIONES NORTE-SUR
New York / London

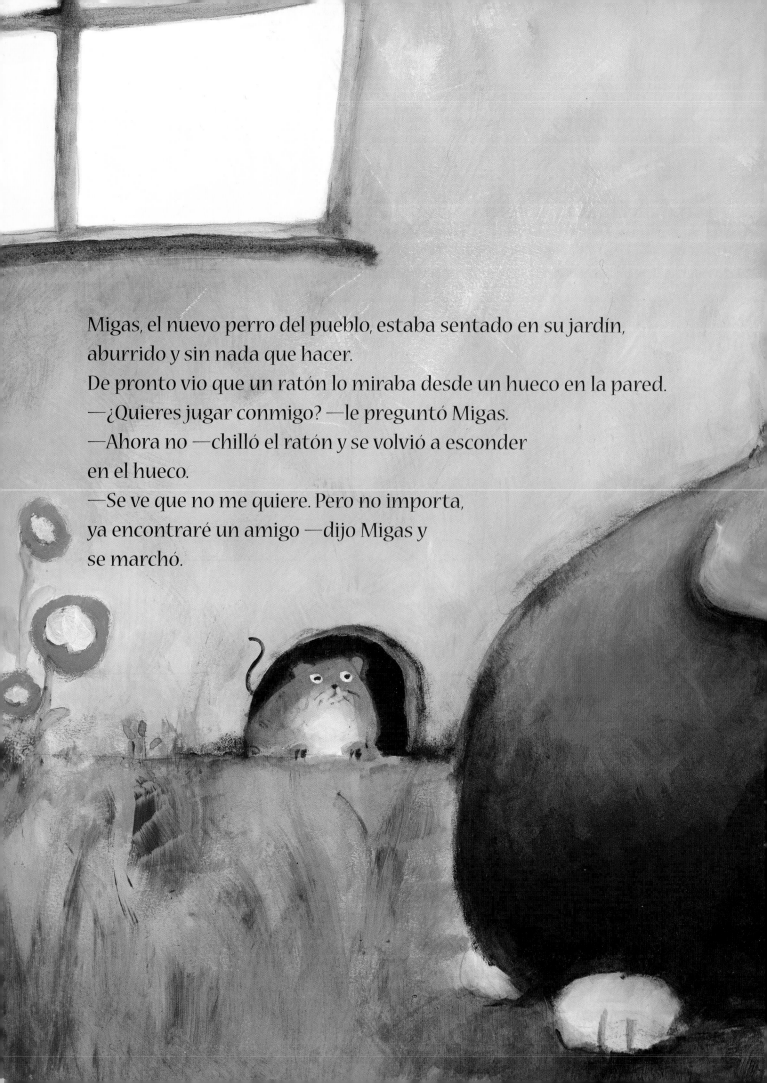

Migas, el nuevo perro del pueblo, estaba sentado en su jardín,
aburrido y sin nada que hacer.
De pronto vio que un ratón lo miraba desde un hueco en la pared.
—¿Quieres jugar conmigo? —le preguntó Migas.
—Ahora no —chilló el ratón y se volvió a esconder
en el hueco.
—Se ve que no me quiere. Pero no importa,
ya encontraré un amigo —dijo Migas y
se marchó.

Migas fue a otra casa.
Vio tres gatos sentados en la ventana.
Los tres lo miraban fijamente.
—No parecen muy simpáticos —dijo
Migas—. Se ve que no me quieren.
Y se marchó.

Migas fue hasta la colina. Allí había tres conejos jugando
y correteando.
Cuando los conejos lo vieron, dejaron de jugar y lo miraron
fijamente; olfatearon el aire y se alejaron dando saltos.
—Ellos tampoco eran muy simpáticos —dijo Migas
dando un suspiro—. Se ve que no me quieren.
Y siguió caminando.

Migas caminó hasta una cerca que rodeaba un campo verde.
Allí vio un rebaño de ovejas blancas como las nubes.
Al verlo, las ovejas balaron y se alejaron corriendo al rincón
más lejano del campo.
—No me parecen nada simpáticas —dijo Migas con
tristeza—. Se ve que no me quieren.
Y siguó caminando.

Cansado ya, Migas siguió caminando hacia el bosque.
De pronto un perro enorme se le acercó corriendo y
comenzó a ladrarle.

—¡Guau! ¡Guau! ¡Guau! —ladró el perro.

Migas huyó del lugar a toda prisa.

—Es inútil —dijo Migas—. ¡Nadie me quiere!

Y se puso a llorar.

—Hola. ¿Cómo te llamas? —le preguntó una voz grave.
Migas levantó la vista y vio un zorro.

—Me llamo Migas —dijo.

—¿Por qué estás llorando? —preguntó el zorro.

—Porque nadie me quiere —contestó Migas.

—¿Y por qué nadie te quiere? —dijo el zorro.

—No sé —dijo Migas.

—Quizás tendrías que averiguarlo —propuso
el zorro—. Si quieres, te acompaño.

Y Migas fue con el zorro a ver al perro.

—¡Guau! ¡Guau! ¡Guau! —ladró el perro.

—¿Por qué me ladras? —preguntó Migas.

—Porque podrías robarme el hueso —dijo el perro.

—¡Yo nunca haría eso! —dijo Migas—. Yo
sólo quiero que seamos amigos.
—¿Y por qué no me lo dijiste
antes? —dijo el perro—. Me gustaría
mucho ser tu amigo.
Y entonces Migas, el zorro y el
perro siguieron caminando
juntos.

Muy pronto llegaron al campo de las ovejas.

—¿Por qué se fueron corriendo al verme? —preguntó Migas.

—Pensamos que nos ibas a llevar a esquilar y tuvimos miedo —contestaron las ovejas.

—¡Yo nunca haría eso! —dijo Migas—. Yo sólo quiero que seamos amigos.

—¿Y por qué no lo dijiste antes? —dijeron las ovejas—. Nos gustaría mucho ser tus amigas.

Y entonces Migas, el zorro, el perro y las ovejas siguieron caminando juntos.

Los conejos estaban jugando nuevamente en la colina, pero cuando vieron a Migas volvieron a huir.

—¡No se vayan! —gritó Migas—. ¿Por qué se esconden?

—Porque eres un perro y los perros persiguen a los conejos.

—¡Yo nunca haría eso! —dijo Migas—. Yo sólo quiero que seamos amigos.

—¿Y por qué no lo dijiste antes? —dijeron los conejos—. Nos gustaría mucho ser tus amigos.

Y entonces Migas, el zorro, el perro, las ovejas y los conejos siguieron caminando juntos.

Los amigos llegaron a la casa donde vivían los gatos.
—¿Por qué me miraban fijamente? —preguntó Migas.
—Pensamos que nos ibas a atacar —dijeron los gatos.
—¡Yo nunca haría eso! —dijo Migas—. Yo sólo quiero que seamos amigos.
—¿Y por qué no lo dijiste antes? —dijeron los gatos—. Nos gustaría
mucho ser tus amigos.
Y entonces Migas, el
zorro, el perro, las ovejas,
los conejos y los gatos
siguieron caminando
juntos.

Finalmente llegaron a la casa de Migas.
—¡Ratón, mira cuántos amigos tengo! —dijo
Migas—. ¿Por qué no quisiste jugar conmigo?
—Porque estaba horneando una tarta —dijo
el ratón—. ¿Quieren un poco?

A cada animal le tocó un pedacito de tarta. Y después de comer se fueron todos a jugar felices hasta la caída del sol.